AF421187

safeCreative
1 208220 666580
Registered works

ISBN: 9798444867402

Libertario

Prosario

Miguel D'Addario

Primera edición

Comunidad Europea

2022

Índice

Autor

Miguel D'Addario es un escritor, coach y profesor. Italiano. Ha publicado libros artísticos, poesía, relatos, filosofía existencialista, académicos, y técnicos educativos con diferentes editoriales. Sus libros han sido traducidos al inglés, francés, italiano, portugués y griego. Licenciado en Periodismo, Máster en Educación Social y Doctorado en Comunicación Social por la Universidad Complutense de Madrid. Ha desarrollado su experiencia en diversos campos de la docencia, desde la Formación Profesional hasta el nivel Universitario, tanto en Iberoamérica como en Europa. Sus libros se encuentran en diferentes centros de estudios y bibliotecas del mundo, como por ejemplo la Universidad San Pablo de Perú; Universidad de Santo Domingo la República Dominicana; Universidad Nacional Mayor de San Marcos (Perú); Universidad Politécnica de Cataluña; Kalamazoo Public Library, Michigan; Universidad del Sagrado Corazón de Puerto Rico; Biblioteca Nazionale Centrale di Roma; Universidad de San Gregorio de Ecuador; Universitat de Valencia;

Biblioteca Nacional de España; Biblioteca Nacional de Argentina; Universidad de Texas; Universidad de Toronto; Universidad de Deusto; Universidad de Illinois; Universidad de Kansas; Bibliotecas de la Comunidad de Madrid; Castilla y león, Andalucía, y País Vasco; Biblioteca Nacional Británica; Universidad de Harvard y Biblioteca del Congreso de los Estados Unidos. PhD y ensayista, ha recibido premios y menciones de Asociaciones de escritores, Centros Culturales, Universidades, y sedes afines. Igualmente, como Ponente, Conferenciante e Investigador, en Universidades, Centros educacionales, públicos y privados. Autor de libros de filosofía, ontología y metafísica. Autor de libros de Autoayuda y Coaching. Sus libros están distribuidos en los cinco Continentes, son de consulta asidua en Bibliotecas del mundo, y se encuentran inscritos en los catálogos, ISBNs y bases bibliográficas Internacionales. Son traducidos a múltiples idiomas y pueden encontrarse en los bookstores internacionales, tanto en formato papel como en versión electrónica.

Más obras del autor: https://bit.ly/2SUC6rc

Prólogo a la edición

Libertario viene a significar que se es partidario de la libertad, en todas las facetas que esa definición conlleva en sí misma.

No se es libertario solamente para comercializar productos, que es la raíz de las relaciones humanas. Sino que se trata de una cantidad de importantes de premisas que determinarán que un hombre libre o libertario deberá utilizar ese estado para mejorar su estado personal, su desarrollo intrínseco, su relación con los demás y sobre todo la comprensión que estamos aquí, en esta vida, para aprender, descubrir, saber y transformar aquellos pormenores que nos hacen la vida difícil.

De nada sirve proclamarse libertario y ser una persona arrogante, manipuladora, mentirosa, autoritaria o insoportablemente soberbia.

Es que de eso se trata, lo contrario o lo opuesto a la libertad son las acciones tiranas, los sistemas despóticos e incluso en el plano social los hay quienes llevan una vida dictatorial en los ámbitos donde se desenvuelven, y luego pregonan la defensa de la libertad.

El determinismo, el esclavismo, el colectivismo, etcétera son todas formas que manifiestan que la libertad está siempre en riesgo, y los caminos son arduos y difíciles para mucha gente del planeta.

En este volumen, el autor pretende reflexionar acerca de el ser libertario, sin mayores pretensiones que las palabras simples y concretas, sintetizando los conceptos y si caer en conceptos académicos y filosófico.

Desde un punto de vista literario y simplista Miguel D'Addario aborda la temática del libertarismo como un punto existencialista, como una forma de vida, una manera de comprender la existencia desde el materialismo, la ontología y la espiritualidad.

Considera, además, el mundanal ruido de las culturas y costumbres del mundo, donde se aprecia la disposición para entender que el mundo debe ser libre en un mediano plazo, para así continuar su desarrollo constante y abierto a la creatividad que aflora de la misma libertad del ser humano.

El Editor

Libertario

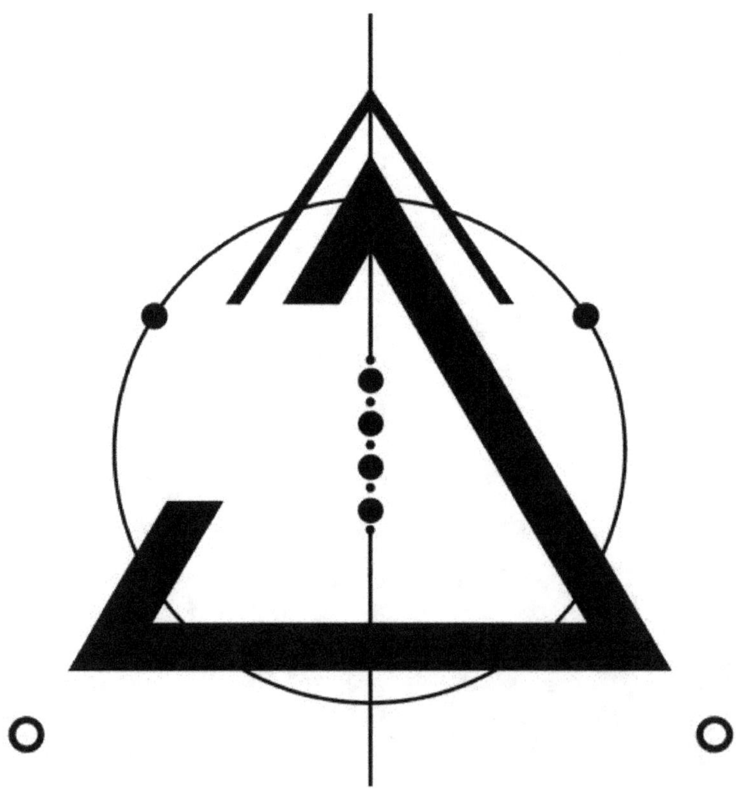

15

Alien

Si yo fuera un extraterrestre
y sobrevolara la Tierra
me daría mucha risa
la excesiva estupidez humana.

Edad Media

El pasado se quiere hacer presente

con sus arcaicas y malolientes monarquías,

la libertad es absolutista

y contradice a los colectivistas

de cualquier signo, lugar o estado.

Alternativa

En el desierto inerte
solo hay eses de camello
y hay muchos que las destilan
para obtener proteínas.

La Resultante

La vejez es la conclusión, el resultado
de todo aquello que fuimos e hicimos
durante la infancia, adolescencia y madurez.

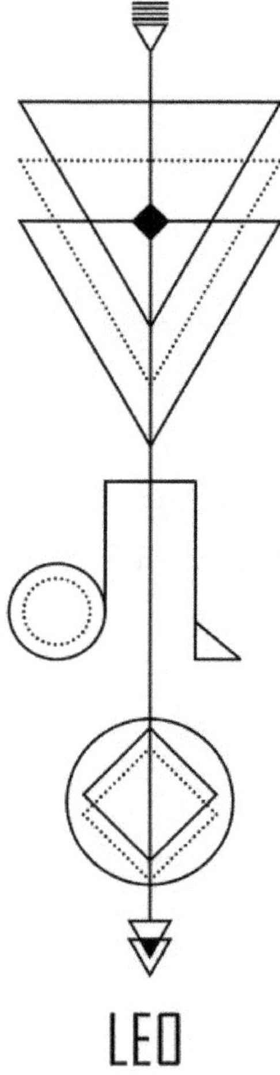
LEO

23

Amor libre

*No puedes ser libre si tu amor está intoxicado
de orgullo y soberbia infantilizados.*

25

Y dios entró...

Cuando en tu alma florecen alegrías
regocijos, brillantez y dichas,
es porque dios ha entrado sigiloso
para rociar de flores tu ser.

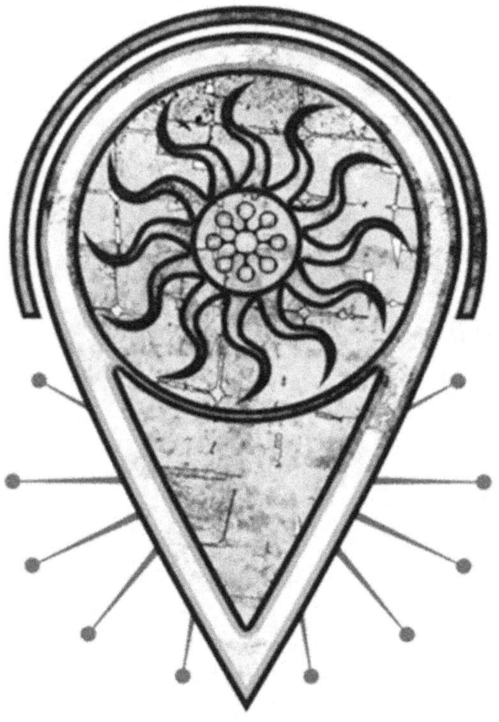

Burocracia

Si quieres conocer la inoperancia

la factoría sacaimpuestos

la fuerza que impide evolucionar

o la coartada antiliberal.

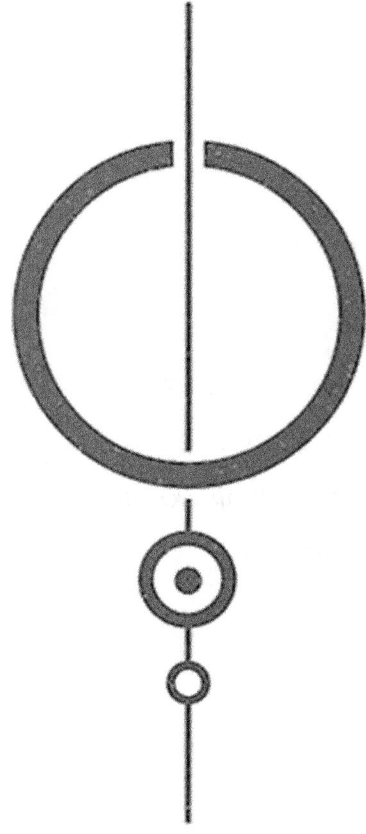

Capitalismo malo

Cuando el capitalismo es malo
y viola la ética y los principios
la gente opta por la comunización
de la sociedad toda.

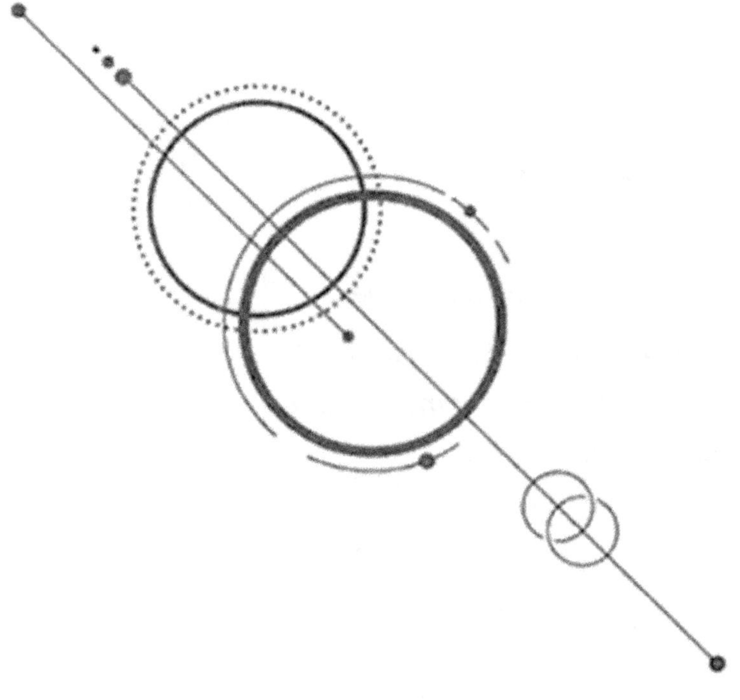

31

Brizna

La brizna de tus ojos
y el andar de tu mirada
concluye en los límites
del firmamento fatuo.

Estado

Es la máquina de impedir

la esencialidad de antilibertad

una muchedumbre burocratizada

la ineptitud proclamada.

Tiempo

El tiempo muy bien empleado

será el activo que te hará abundante,

no lo malgastes en nimiedades vacuas.

Ebrio

Cuando estoy ebrio de amor y vino
puedo escribir mis mejores letras
y cantar mis mejores canciones.

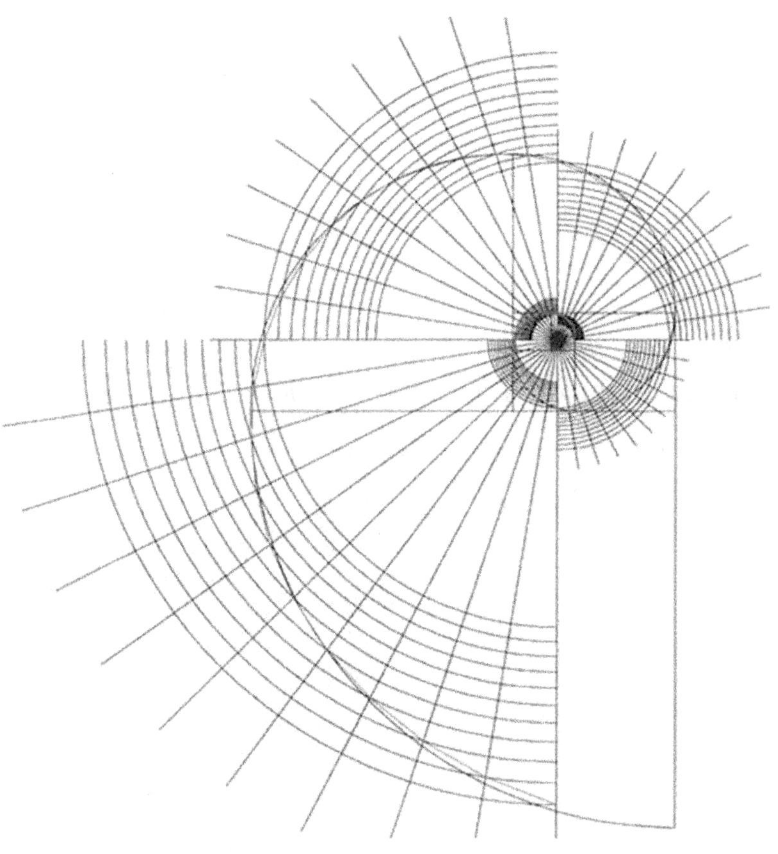

Bienaventurados

Bienaventurados los libertarios,

porque de ellos es la consciencia evolutiva.

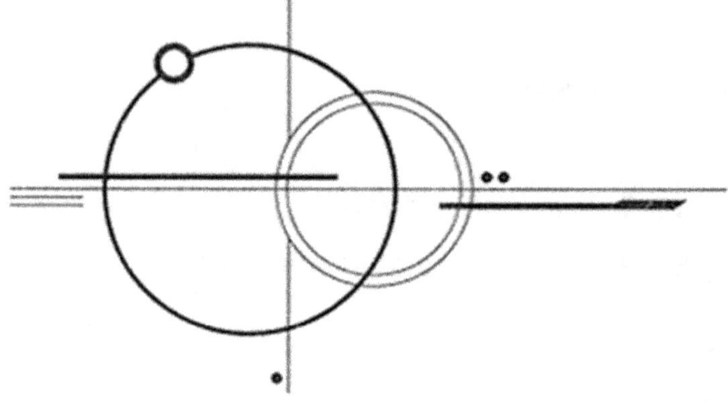

Decálogo del vendedor

Use reglas de cortesía

El dinero es una idea

No sea orgulloso

Respete el dinero

Edúquese e innove

El cliente tiene razón

Use léxico educado

Sea convincente, no imponga

Fanatice al cliente

No se enfade ni se irrite

Luzca siempre impecable

Deje hablar y escuche

No engañe ni menosprecie

Use inteligencia emocional

Practique su speech

Satisfaga al cliente

Trabaje por la experiencia

Cumpla los objetivos.

LEO

43

Igualdad

No podemos ser iguales tú y yo...
La riqueza está en la diferencia.

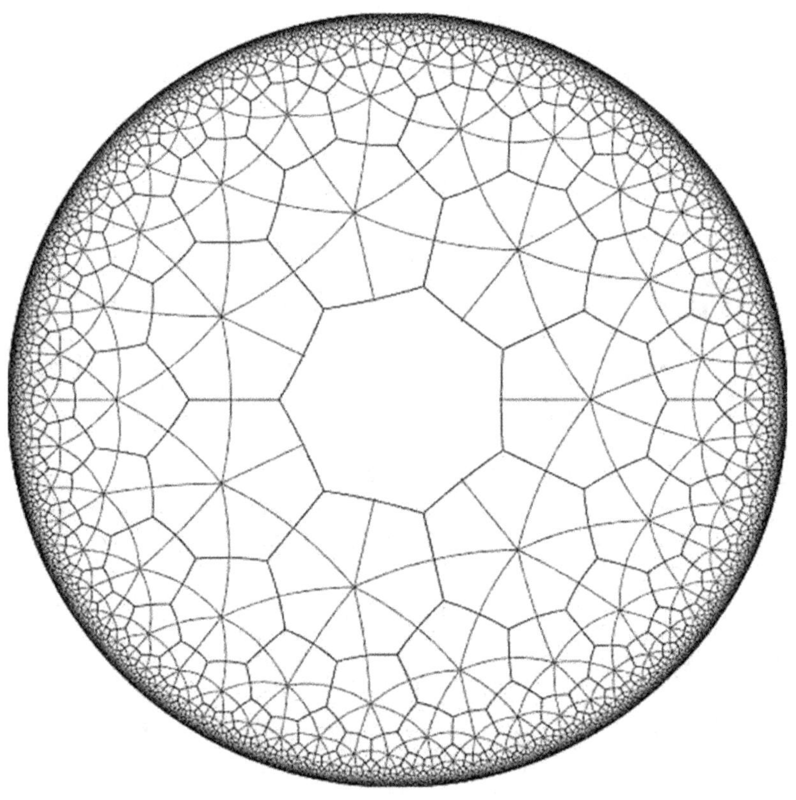

45

Esclavo

Hoy el esclavo tiene riquezas

puede comprar lo que desee

es educado y cultivado

y camina libremente por las calles.

Time

Solo el tiempo es capaz de esperar

el paso lento de cada minuto...

cuando vemos de cerca

que se aproxima el momento siguiente.

48

Antilibertarios

Quienes usan el dinero o el poder

para acometer abusos y dañar a otros.

51

Grandeza

Tu grandeza interior es proporcional

a la cantidad de libros que has comprendido.

No leas para aparentar sabiduría.

Libres

Libertad es poder evolucionar

en todos los ámbitos,

sin interferencia alguna

que pueda impedirlo.

N
W
E
S

55

¿Libertad para qué?

Para nacer libre.

Sentirse liberado.

Elegir libremente.

Amar en libertad.

Ser un libertario.

Respetar la libertad del prójimo.

Liberarse de ataduras y prejuicios.

Trabajar y crear libremente.

Evolucionar en liberación.

Morir en libertad.

Semilla

No puedes hacer germinar una semilla

si la tierra utilizada no es propicia

¿Comprendes por qué existen países comunizados?

Sueños

Y mira cuantas maravillas
verás entre el nacer y el partir,
amor, objetivos, logros, sueños;
y, aun así, no crees en nadie.

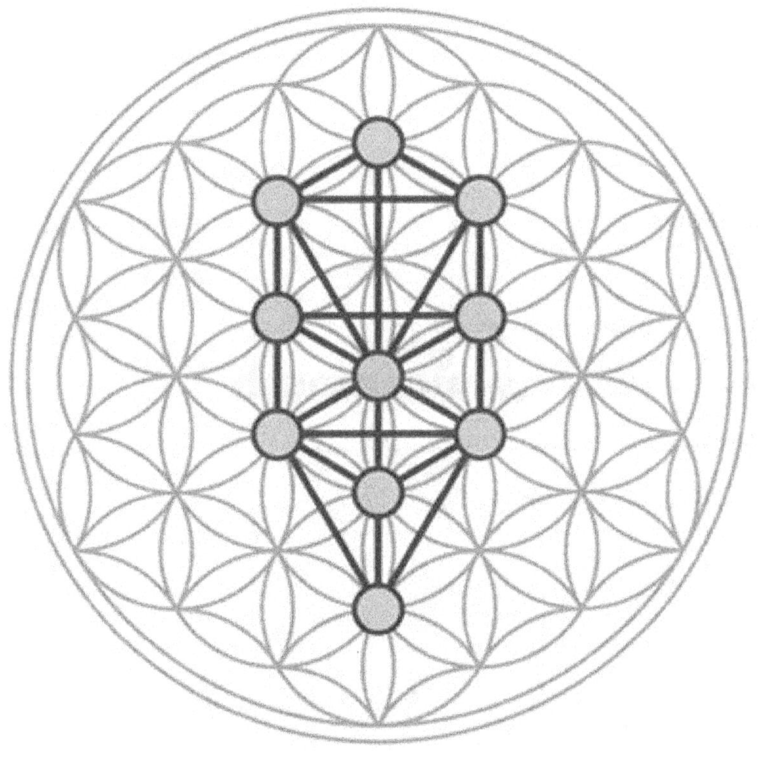

Libertad e igualdad

La libertad restringida es inversamente proporcional a la igualdad, más igualdad necesitará menor libertad, y quienes desean menos libertad, aquellos dependientes, son los mediocres, gente gris y personas sin iniciativa.

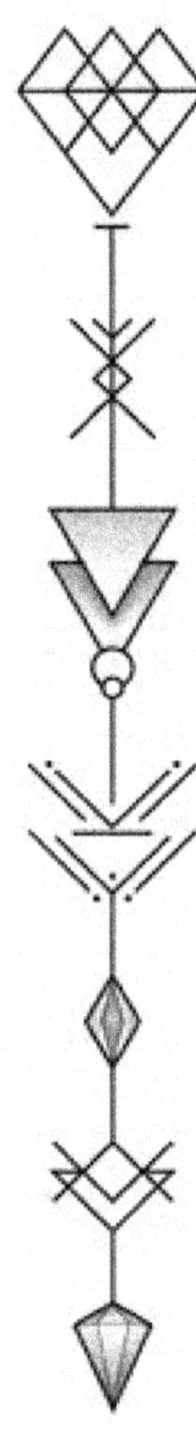

63

Libertario

Cada camino que se emprenda

debe concluir en libertad

para alcanzar finalmente

el último portal terrenal.

Sinfonía

El universo es una gran sinfonía

resonando en toda la existencia

donde cada cual es una nota

que armoniza el concierto del cosmos.

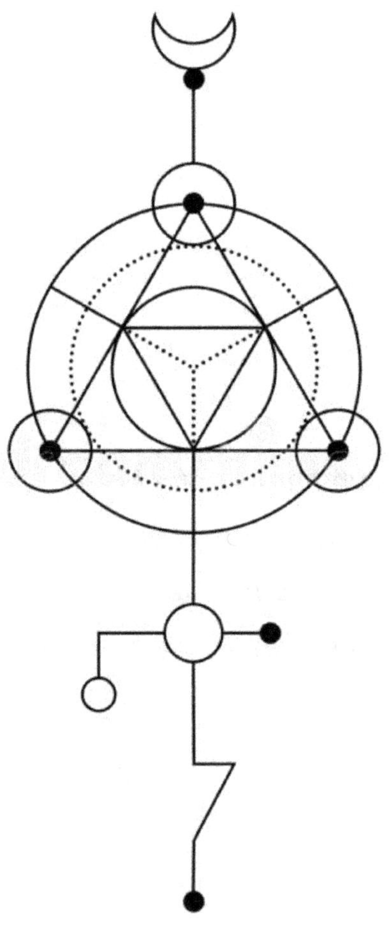

Liberal

Sin libertad no eres tú mismo

sino un humano disfrazado

conveniente, previsible, engrilletado,

sin divinidad, putrefacto, enmohecido.

Ignorancia

La peor de las ignorancias es la del soberbio,
la del altanero y la del abusador de indefensos.

71

Calzado

Si el zapato es incómodo y te molesta,

recordarás el zapato cada día.

George Ivánovich

La misma persona que hoy te regala una camisa mañana podrá matarte por ella.

"Niveles de consciencia". Gurdjieff

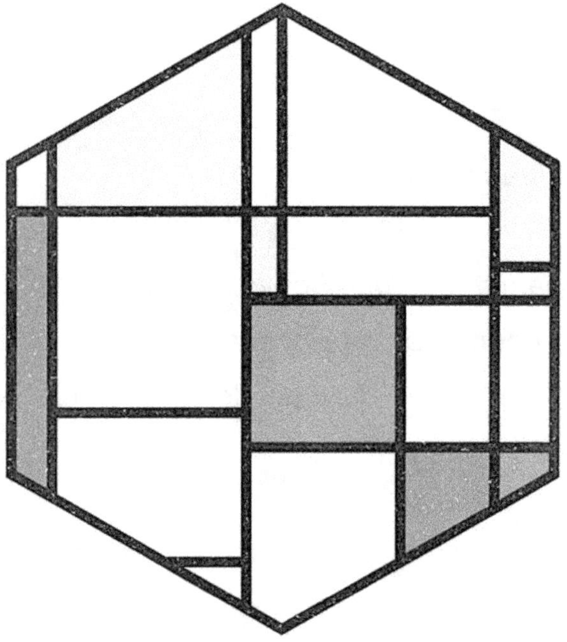

75

Disfraces

Quítense los disfraces de ovejas
y vístanse como leones...
Si desean ser libertarios.

Ya no quiero

Verte cada mañana sonriendo en mi cama

caminando bajo el sol abrazados,

besarte le lóbulo de tu oreja

y acariciar tus blancos dedos.

Sentir mi corazón acelerarse

afiebrarme cuando partías

y rabiarme después de tu huida.

Saber que ya no te besaré

ni que desnudaré tu alma etérea.

Oír tus palabras más dulces

ni tus gemidos en mi almohada.

Despertarme y saber que no estás

y que tendré que encontrar tu reemplazo.

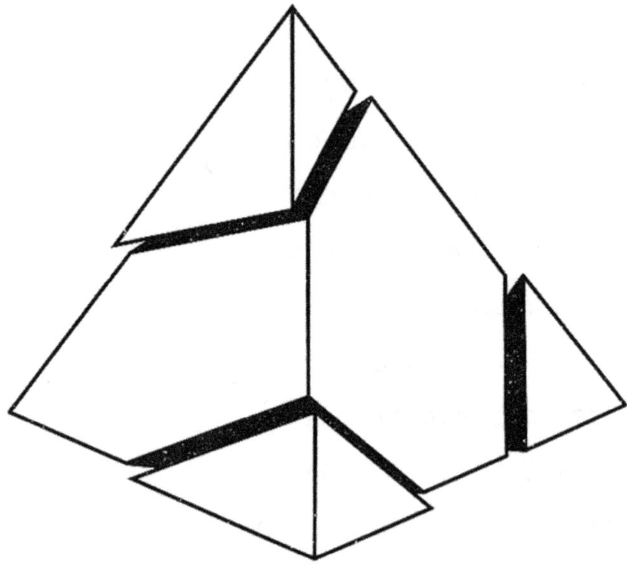

Escape

Solamente alguien que escapó del laberinto existencial podría enseñarte como debes hacerlo tú. Los demás son farsantes existenciales.

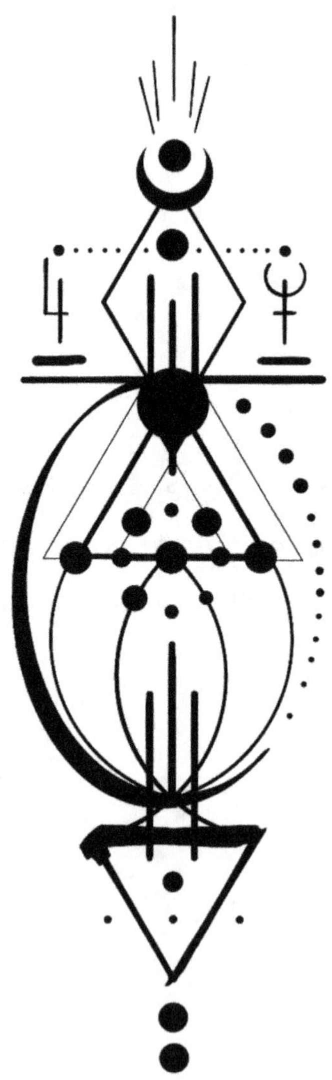

Comercio y libertad

Son dos vías de un mismo tren.

Ha de haber libertad para que exista el comercio.

Sin libertad el comercio se corrompe y se crea el terreno para la gesta del colectivismo, de ambas alas.

Comercio y libertad, es el único camino de la humanidad hacia el futuro.

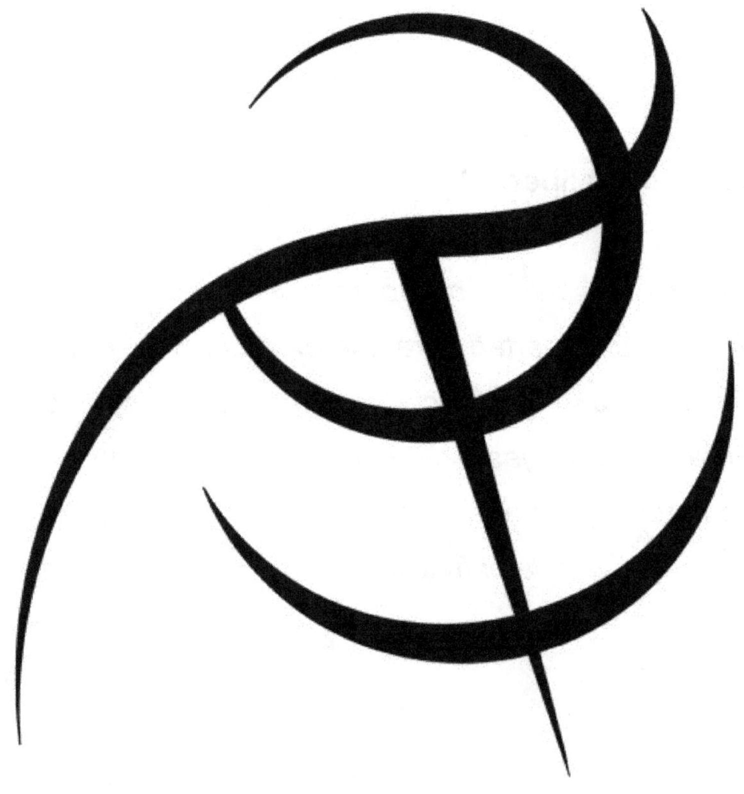

Despertar

Para poder ver primero hay que cerrar los ojos,

dejar de mirar afuera,

luego abrir los ojos

y comenzar a ver adentro.

85

Final

Es verdad que la muerte es la única justiciera

dado que no discrimina a nadie.

Pero no es lo mismo partir de la vida

habiendo hecho aquello que amas,

que haber vivido una vida en disconformidad.

Los insufribles

Los perros que defecan en las callen

los dueños que no le ponen bozales

los que piden monedas y se enojan

los que atienden muy mal al público

los que te empujan en el mercado

aquellos que gritan cuando hablan

los que te agreden sin motivo alguno

los macarras de cada sociedad

los políticos ineficaces

los empleados públicos

los que te miran mal al pasar

las damiselas que no se ríen.

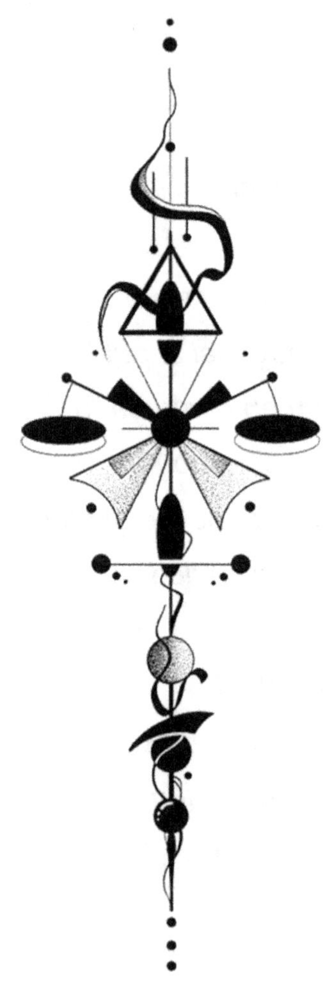

No importa...

Lo que seas o si eres famoso,

todo pasará y tendrás que irte.

Y solamente quedará el recuerdo.

Ya lo sabes, tú no elegiste nacer

ni tampoco cuando morir.

Para entender la vida

Deberá experimentar:
El mejor coñac existente
el café más italiano
una mujer inteligente
el libro más delirante
la canción más romántica
la filosofía revulsiva
la revolución de su alma
la trascendencia final.

Lo más hermoso de la vida

Es la honestidad furibunda

la verdad irreprochable

un amor incomprensible

el beso más profundo

la mirada avasallante

tu abrazo tan fundente

el dolor más consciente

la melodía más hermosa

el almuerzo delicatessen

este vino sabrosísimo.

La seducción de tus ojos

el licor más enérgico

un postre sublime

los objetivos logrados

la sexualidad despierta

la evolución del alma

la comprensión existencial

la trascendencia divina

la inteligencia de dios

la muerte transformadora.

Vendedor de palabras

Yo vendo palabras,

unitarias, combinadas,

simples o compuestas,

aguerridas o pasivas

enamoradas y olvidadas.

Vendo palabras en el mercado

en forma de libro y sueltas

como trazos de tela, como pan,

intercalando ideas y mensajes

fortalecidas y débiles

grandes y pequeñas.

Las palabras que vendo

no tienen dueño y son mías,

pueden cambiar tu visión

darte ideas y emocionarte,

pero solo si tú lo deseas

podrán cambiar tu esencia.

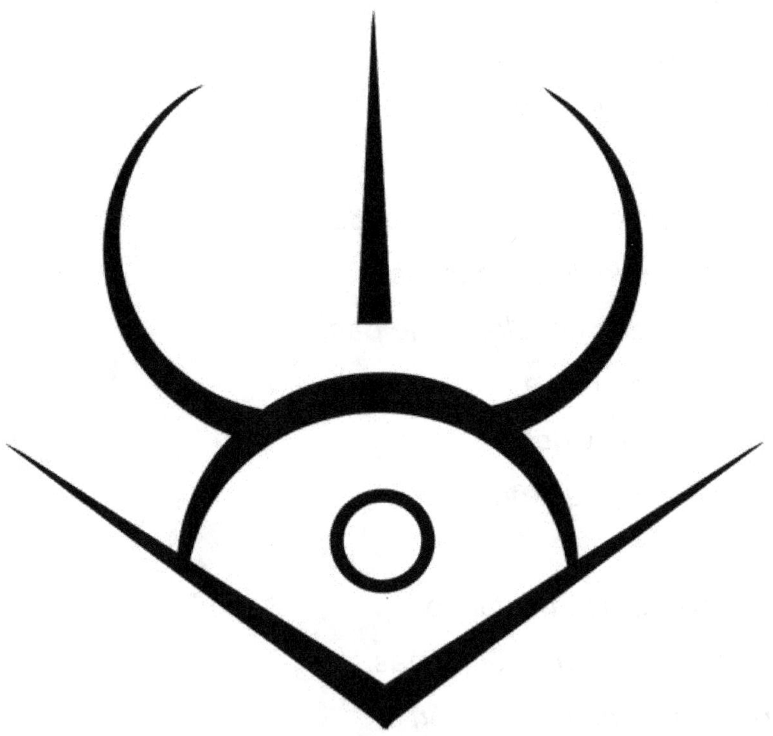

Guerrero de la divinidad

Mi mejor arma, la escritura,

un sueño cumplido, ser yo mismo,

el amor de mi vida, la literatura,

la mejor bebida, el alcohol de los versos,

la más noble enseñanza, la voz del sabio,

el mejor camino, la libertad,

la única verdad, la transformación,

el gran misterio, la existencia,

la canción más dulce, la poesía,

el mejor instrumento, mi guitarra,

el futuro preciso, el más allá.

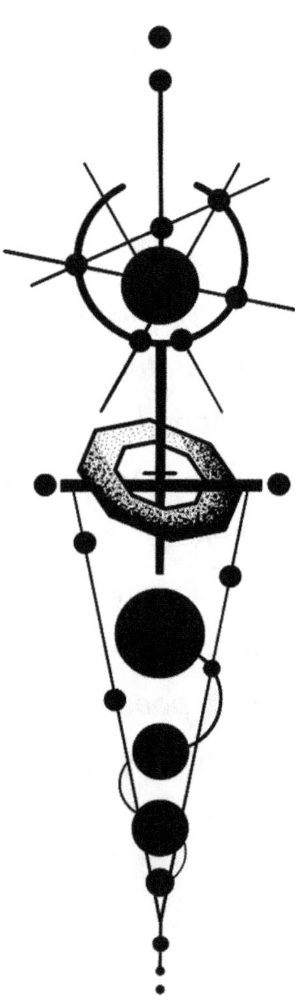

Adiós

Y fueron naciendo palabras

de cada rincón de los sueños

donde habitan alimañas

y ciertas rarezas humanas.

No te ates al billete

y vive libre de miedos

y cuando descubras una verdad

tu risa sonará muy fuerte.

Materialismo, ontología y espiritualidad

son las palabras más buscadas

y pocos logran hallarlas

en las feas profundidades

de tus vicios y lujuria.

Hoy estás y mañana no lo se

y mientras puedas, ríe

que los más famosos ya se fueron

y solo queda una cripta marmolada

y el recuerdo de que fueron algo.

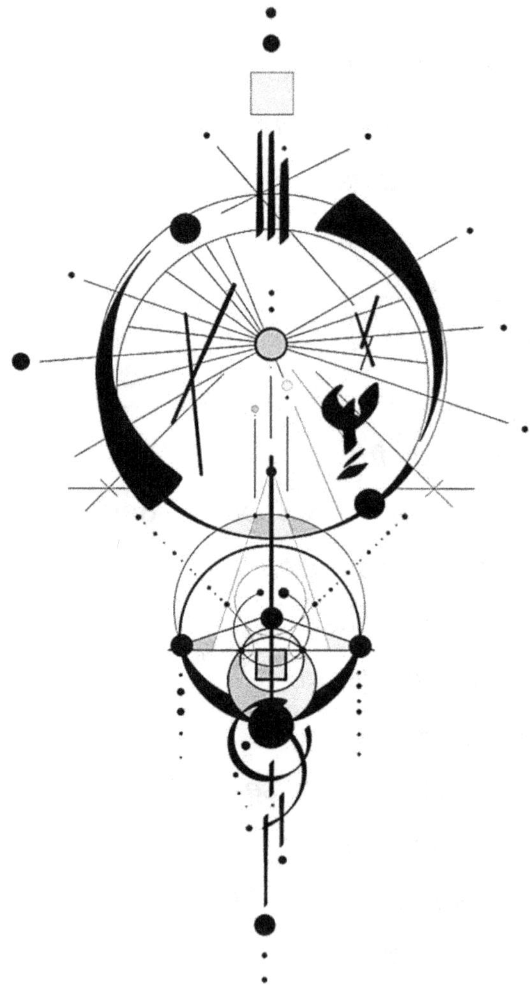

Libertario

Prosario

Miguel D'Addario

Primera edición

Comunidad Europea

2022